Petits contes variés
(pour faire briller la société)

Mélina Metaane

Petits contes variés
(pour faire briller la société)

© 2021 Mélina Metaane

Éditeur : BoD-Books on Demand
12-14 rond-point des Champs-Élysées, 75008 Paris
Impression : Books on Demand, Norderstedt, Allemagne

Illustration : SMHM

ISBN : 978-2-3224-0031-7
Dépôt légal : Octobre 2021

A ceux dont le cœur est bienveillants et les yeux grands ouverts.

L'HARMONIE DES AUTRES

Il était une jeune fille, qui, probablement du fait de son jeune âge et de son éducation, était très curieuse. Sa mère était la cheffe du village et, à ce titre, était souvent préoccupée par des sujets bien trop sérieux pour la jeune fille. Pourtant elle prenait toujours le temps de les lui expliquer, et la jeune fille s'y intéressait réellement.

- Mais maman, si l'on a besoin de glace mais qu'elle ne nous est pas livrée, pourquoi n'allons-nous pas la chercher nous-même ?

- Parce que, Cerine, même si nous étions capables d'aller la récupérer, nous avons un contrat ancestral avec le peuple Arvi, ils nous fournissent de la glace tandis que nous leur fournissons du blé.

- Mais pourquoi ne voyons-nous jamais d'Arvi dans ce cas ?

- Ils sont très timides, je ne rencontre leur chef qu'une fois toutes les six lunes. Mais il est vrai que leur retard de livraison est étonnant, je suis curieuse de savoir ce qu'il se passe.

Et curieuse, Cerine l'était bien plus que sa mère, car il y avait peu de distractions intéressantes pour une jeune fille de son âge à cette période de l'année. C'est ainsi qu'elle se mit en tête de voir des Arvi de ses propres yeux.

Les jours passèrent, et alors que la jeune fille récupérait autant d'informations qu'elle le pouvait sur ce peuple mystérieux (c'est-à-dire bien peu, en réalité), le hasard opéra à l'occasion d'une promenade en forêt. La jeune fille, en sortant des sentiers de promenade, tomba dans un petit ravin et se foula la cheville. Elle appela à l'aide, bien sûr, mais elle s'était bien trop éloignée de ses camarades pour qu'ils l'entendent. Ce n'est qu'au bout de plusieurs heures qu'elle entendit de petites voix fluettes qui l'intriguèrent beaucoup. Elle se mit alors à crier à l'aide de nouveau jusqu'à ce que de petites têtes se penchent sur le ravin. C'est ainsi que Cerine trouva les Arvi.

Ils l'aidèrent à sortir et la transportèrent jusqu'à leur village où le chef fit aussitôt envoyer une missive à la mère de Cerine pour la prévenir que sa fille était en sécurité, mais qu'étant blessée, il serait plus sage qu'elle passât la nuit en leur compagnie.

Tout ceci convenait fort bien à Cerine, car en réalité, elle était restée ébahie depuis qu'elle avait vu les Arvi pour la première fois, et que quoi qu'il arrive, elle rentrerait trop tôt pour satisfaire sa curiosité. Les Arvi étaient petits, ils ne lui arrivaient pas à la taille et pourtant elle n'était pas bien grande, mais leurs membres étaient plus épais et arrondis. Leur peau ressemblait à de la pierre et pourtant le plus surprenant restait leur dos arrondi qui ressemblait à une carapace et qui était recouvert de couleurs flamboyantes.

En écoutant les conversations des uns et des autres, Cerine apprit qu'il y avait une discorde de taille dans le village qui serait liée à l' « harmonie ». Cerine connaissait ce mot mais ne comprenait pas comment une telle chose pouvait être sujet de discorde. Il ne se passa pas beaucoup de temps avant qu'elle n'ose poser la question au chef du village.

- C'est vrai que c'est quelque chose que vous n'avez pas, chez les humains, mais nous les Arvi, nous naissons avec des couleurs sur le dos, et l'équilibre du village dépend de l'Harmonie de ces couleurs.

Cerine avait encore beaucoup de questions à poser, mais elle n'osa pas déranger plus le chef du village Arvi. Elle se contenta alors d'observer l'activité du village de là où elle était assise, et alors que la nuit commençait à tomber, elle assista à une querelle entre des enfants du village. En réalité, il s'agissait plutôt d'un groupe d'enfants qui accablaient de reproches un autre enfant. Après la querelle, Cerine héla cet enfant :

- Que te reprochaient-t-ils ? Je suis désolée, je ne connais pas encore vos usages, je n'ai pas compris un traitre mot de leurs reproches
- C'est parce que je suis bleu, ils disent que je participe au déséquilibre de l'harmonie
- Toute ta famille est bleue ?

Le jeune Arvi ouvrit des yeux ronds avant d'éclater de rire.

- Non, ce n'est pas une couleur qui se transmet par le sang. Cette couleur est liée à nos personnalités, elle peut donc varier au court de la vie d'un individu. Sinon, comment l'Harmonie pourrait-t-elle être déséquilibrée du jour au lendemain ?
- Et donc si tu es bleu, qu'est-ce que ça indique sur ta personnalité ?
- Probablement que je réfléchis trop.
- Et comment le sais-tu si ta couleur change ? Et comment voyez-vous l'Harmonie ?
- Tu poses beaucoup de questions, petite humaine. L'harmonie se voit, voilà tout. D'un seul coup d'œil, tu peux voir l'équilibre de l'Harmonie.

Cerine continua de méditer sur ces mots pendant le diner, puis le lendemain, et lorsque sa mère vint en personne la chercher en charrette, elle fut contente de la voir et de rentrer au village car quelque chose la taraudait encore et elle voulait continuer d'y réfléchir. Sa mère s'entretint longuement avec le chef du village, puis elles rentrèrent chez elles où Cerine fût installée sur une chaise à côté de la fenêtre. Faute de pouvoir poser le pied à terre, elle pouvait regarder par la fenêtre et laisser son esprit vagabonder.

Elle vit passer deux sœurs que l'on voyait toujours se chamailler : en réalité, il était évident que chacune était jalouse de l'autre. Pourtant, vu de l'extérieur, elles se ressemblaient beaucoup, les deux jeunes filles étaient intelligentes, débrouillardes, et jolies ce qui ne gâtait rien. L'esprit de Cerine s'égara encore et elle tenta de réfléchir à une autre fraterie teintée de jalousie. Ce ne fût pas difficile, son propre cousin était jaloux de son frère pour sa capacité à se faire des amis, tandis que ce dernier l'enviait pour sa malice. Pourtant ils s'entendaient à merveille, mais Cerine avait remarqué cette envie teintée d'admiration éclairer le regard de chacun d'entre eux. C'est alors que Cerine comprit ce qui la taraudait concernant l'équilibre de l'Harmonie : les Arvi pouvaient voir les couleurs des autres, mais étaient incapables de voir leur propres couleurs, ils ne pouvaient alors voir juger l'équilibre de l'harmonie qu'en s'en excluant. Cerine conclut alors qu'à l'instar des couleurs sur le dos des Arvi, on ne pouvait voir ses propres qualités – ou ses propres défauts - que par le regard des autres.

Finalement, les discordes liées à l'Harmonie des Arvi finirent pas se régler d'elles même, et le village fût bientôt livré en glace. Cette aventure avait néanmoins permis à Cerine de réfléchir pour la première fois aux liens entre les Hommes et ce qui leur permettait de faire une société.

LE COMMERÇANT IMAGINAIRE

Il était un jeune homme ambitieux, qui avait pleinement confiance en lui et en son avenir. Evir était le fils préféré de ses parents, et à ce titre, il était habitué à être admiré dans tout ce qu'il faisait. Ce jeune homme avait pléthore de projets, tous plus ambitieux les uns que les autres mais il avait la fâcheuse habitude de bien plus en parler que de les exécuter. Un jour il annonça à ses parents qu'il partait en ville pour une entreprise. Ses parents lui demandèrent évidemment de quelle entreprise il s'agissait.

- Je vais faire du commerce ! clama-t-il
- Mais du commerce de quoi ?
- Je trouverai bien !

Comme il réussissait tout ce qu'il entreprenait, ses parents n'eurent aucun doute sur le succès de ce projet et le gâtèrent beaucoup jusqu'au jour de son départ. Lorsque le grand jour arriva, ils étaient un peu inquiets mais tout de même fiers de voir leur fils, qui était à présent un jeune homme bien fait, partir à la conquête du monde.

Le jeune homme se mit alors en route, vêtu de son plus bel habit de voyage – de fort bonne facture – et muni d'une bourse bien pleine. Ses parents lui offrirent également le plus solide de leurs trois chevaux.

C'est dans une auberge qu'Evir décida de faire sa première halte afin d'y passer la nuit. Lors du diner, il eut l'occasion de discuter avec des villageois de la région.

- Ces nouveaux moutons donnent une laine bien plus douce, je te le dis !
- Quelle importance que la laine soit douce, elle sert à t'habiller, pas à t'y frotter.
- Que penseraient tes enfants s'ils savaient que leur père refusait de leur donner des vêtements moins rêches.
- Les enfants, il faut leur apprendre que la vie n'est pas douce, et si ça doit passer par de la laine, tant pis !

Evir s'approcha des deux hommes qui conversaient et lança d'une voix assurée :

- Et elle est vraiment si douce, votre laine, mon bon monsieur ?
- Mais bien sûr, mes…sire, répondit le villageois. Il ne savait pas vraiment s'il avait affaire à un noble, mais la finesse des vêtements de son interlocuteur penchaient en la faveur de quelqu'un de riche, ou d'un rang supérieur.

- Ma foi, si elle est d'une qualité telle que vous l'annoncez, je pourrai sans doute la vendre, car je suis commerçant voyez-vous.

L'homme s'empressa de sortir un gilet de son sac. « Il a été tissé cet après-midi, messire, apparemment, cette laine rend même le travail de foulage agréable ». Evir prit l'ouvrage entre ses mains et constata que le gilet, bien que simple, était fait d'une matière telle qu'il semblait être d'une facture bien supérieure à ce qu'il était en réalité. Il prit une mine songeuse et resta silencieux jusqu'à ce que le propriétaire du gilet reprenne la parole :

- Vous pouvez le garder, pour montrer à vos clients. De toutes les façons, vous savez où me trouver, je suis souvent dans cette auberge le soir.

Et avant qu'Evir n'eut pu dire un mot, l'homme s'était levé et avait fait signe à l'aubergiste qu'il lui offrait le repas. Evir aurait pu être gêné, mais il ne le fut pas le moins du monde, au contraire, il lui était agréable d'être traité ainsi, aussi accepta-t-il le gilet, le repas, et après une bonne nuit de sommeil, il reprit la route. Lors de sa halte suivante, il fit un détour pour traverser le marché, en quête d'inspiration pour son futur commerce.

Il s'arrêta un moment devant des étoffes, et alors qu'il regardait, pensif, les marchandises, le commerçant vint à sa rencontre.

- Puis-je vous aider messire ? Nous avons des étoffes d'excellente facture, bien que les personnages de votre qualité n'arrivent que rarement jusqu'ici.
- Je m'intéresse à vos ouvrages en laine.

- En laine messire ? Nous avons des matières plus nobles, vous savez.
- C'est que je travaille dans la laine, et j'aime à trouver des ouvrages d'excellente qualité, comme celui-ci par exemple.

Evir ne laissa pas le temps au commerçant d'être surpris et sorti le gilet qu'il avait acquis la veille.

- Vous conviendrez, cher monsieur, que des ouvrages d'une telle qualité peuvent conquérir les plus nobles des gentilshommes, aussi tatillons soient-t-ils, n'est-ce-pas ?

Le commerçant, qui ne vendait pas de laine, acquiesça néanmoins car il faisait face à un jeune homme qui savait manifestement de quoi il parlait.

Messire, si vous n'avez pas encore de logement pour ce soir, je serais ravi de vous accueillir chez nous. C'est une humble demeure, mais nous y seront au chaud pour parler affaires.

Evir accepta la proposition du commerçant, et ils parlèrent de tissus et du travail de tisserand toute la soirée, si bien qu'Evir en apprit beaucoup sur le métier que le commerçant s'était méprit à penser qu'il exerçait.

Le lendemain, Evir repris la route avec la promesse faite au commerçant qu'il serait le premier à pouvoir vendre de la laine de la qualité promise par le jeune homme.

Au fil des jours, Evir visita nombre de villes et nombre de commerçants qui lui offrirent le gite et le couvert, tous impressionnés par sa prestance et sa mise, tant et si bien qu'Evir finit par rejoindre la guilde des tisserands. Grisé par sa réussite, il décida de faire un détour dans son périple pour repasser dans la ville de ses parents et ainsi leur annoncer la nouvelle.

Il rentra donc et fût accueilli en triomphe par ses parents, sa mère constata qu'il s'était un peu empâté, mais c'était bon signe, car la raison pour laquelle il mangeait si bien n'était autre que sa réussite en affaires.

Les autres villageois accueillirent également Evir avec le plaisir de revoir quelqu'un que l'on avait vu grandir et qui avait manifestement réussi dans le monde. Quelques jours passèrent avant qu'une jeune fille demanda naïvement si elle pouvait voir les étoffes que vendait ce tisserand originaire de son village et donc la réputation n'était plus à faire. Elle eut d'abord l'impression d'avoir été impertinente, mais finalement d'autres villageois se pressèrent également pour voir les fameuses étoffes d'Evir, tant et si bien que le pauvre jeune homme finit par admettre qu'il n'y avait pas encore d'étoffes. La déception de ses parents fût alors si palpable que même pour Evir qui n'avait pas l'habitude de tenir compte des sentiments des autres, leur regard sur lui était intenable. Il finit donc par quitter le village, et commença par faire des haltes là où il avait été la première fois.

A l'auberge de sa première halte, il acheta toute la laine du berger, et négocia pour que le foulage soit inclus. A la deuxième halte, il retrouva le commerçant qui l'avait hébergé et lui vendit des étoffes. Il recommença ainsi son périple en retrouvant des personnes qui s'étaient pensées bernées et se bâtit cette fois, un véritable commerce basé sur autre chose que des mots. Il apprit ainsi que pour lancer une entreprise, en plus de l'assurance et d'un beau parlé, il fallait d'abord vider sa bourse.

LE CŒUR DE PIERRE

Il était une sorcière qui courrait le monde et jetait des sortilèges pour récompenser les bons et punir les plus vils à ses yeux. Un jour, alors qu'elle était de passage dans un royaume, elle s'invita à un bal donné par le roi car elle adorait danser. Elle se para d'une ravissante robe et n'eut aucun problème à entrer dans la salle de bal où elle s'amusa follement. Cependant quelque chose avait retenu son attention : le roi semblait bien froid pour avoir organisé un évènement aussi chaleureux. Nul doute que ce bal avait été organisé par les soins de la reine qui semblait aussi abordable que généreuse. Intriguée par ce couple royal, la sorcière se rapprocha de la reine et se lia d'amitié avec elle, si bien qu'elle fût vite invitée à loger au château et à partager les somptueux diners donnés par la famille royale. Elle ne voyait que peu le roi, mais c'était bien assez de temps passé avec cet être détestable. En revanche, elle passait beaucoup de temps avec la reine, qui, étant bientôt au terme de sa grossesse, voyait ses activités bien trop diminuées et avait besoin de distraction. Un jour, passant du temps avec son amie la Reine, le roi passa les voir et eut une attitude si détestable envers sa femme que la sorcière se fit la réflexion qu'il valait mieux avoir un cœur de pierre qu'un cœur aussi mauvais que le sien. La colère et l'envie de défendre son amie s'étant mêlées à sa réflexion, la sorcière ne maitrisa pas le sort qu'elle jeta alors, mais le roi était déjà parti alors, le sort ricocha alors sur ce qui ressemblait le plus au roi, c'est-à-dire l'enfant que portait la reine.

La reine ne remarqua rien, elle ne savait même pas que la sorcière en était une, car à la vérité, cette dernière n'avait jeté de sortilège depuis longtemps. La sorcière, en revanche, se doutait de ce qui s'était peut-être passé, et décida de rester dans le royaume jusqu'à ce qu'elle soit assurée que rien de ce qu'elle avait pensé n'avait porté à conséquence.

Les années passèrent et le jeune prince grandit, éduqué par sa mère et grandement instruit par la sorcière qui s'était attachée à lui. Le jeune prince était très poli et savait la chance qu'il avait d'être prince car tout le monde était aux petits soins avec lui. Un jour, il obtint la permission de sortir du château afin de découvrir la vie de leurs sujets, mais à la seule condition que la sorcière garda un œil sur lui, car contrairement à la reine, elle pouvait se risquer à descendre au village sans y être reconnue.

La sorcière et le jeune prince s'installèrent alors dans une auberge du village voisin, et le petit prince se fit rapidement de nouvelles connaissances, des enfants du village qui lui firent visiter les recoins de leurs quartiers. Ils avaient bien remarqué que le prince était ignorant sur des sujets qui leur étaient très familiers, mais ce jeune garçon était un étranger, peut-être que les choses se passaient différemment de par chez lui. Lorsqu'on l'interrogeait sur sa contrée, le prince changeait de sujet avec un tel tact qu'aucun de ses nouveaux amis ne s'en rendait compte.

Le prince avait beaucoup appris en allant au village, et ses parents en étaient enchantés, à tel point que de telles visites se répétèrent, et à chaque fois, ses amis du village semblaient heureux de le voir. Le prince en était surpris, et s'en ouvrit un jour à la sorcière :

- Pourquoi semblent-t-ils si heureux de me revoir à chaque fois ?
- Parce qu'ils t'apprécient.
- Mais pourquoi m'apprécient-t-ils, puisqu'ils ne savent pas que je suis le prince ?
- Parce qu'ils s'amusent en ta compagnie, tu ne t'amuses donc pas lorsque tu es avec eux ?
- Je suis bien aise de ne pas être seul, et ils me font découvrir des aspects de la vie au village que pense que j'aurais mis très longtemps à percevoir seul.

La sorcière comprit alors que son sort jeté des années plus tôt n'avait pas été sans conséquences, puisque derrière un masque de politesse et de bonté, il semblait que le jeune prince soit imperméable aux sentiments des autres car il n'en exprimait pas lui-même. Elle se mit alors en tête de soigner le mal du prince, puisqu'elle en était responsable, et observa autour d'elle tout de ce qui pouvait l'y aider.

Alors que la reine et la sorcière jouaient aux cartes, comme souvent, le roi passa voir son épouse, il semblait las, mais il se montra tendre avec son épouse. La sorcière repensa alors aux sentiments qui l'avaient menée à jeter un sort malgré elle qu'elle regretta aussitôt. Elle demanda alors à la reine pourquoi, lorsqu'elles s'étaient rencontrées, le roi avait été une personne si brutale alors que des années plus tard, en le connaissant bien mieux, il s'avérait être en réalité quelqu'un de bien doux.

La souffrance, ma chère. L'anxiété causée notamment par ma grossesse, mais également par les récoltes qui avaient été mauvaise et les guerres qui s'étendaient dans les royaumes lointains avait donné à mon mari un mal terriblement douloureux. La douleur ne se quantifie pas, mon amie, mais le roi n'est pas personne à se plaindre.

- Heureusement que ce mal a fini par se dissiper dans ce cas.

« Il semblerait que les conséquences d'un jugement hâtif aient dépassé l'ampleur de sa cause » pensa alors la sorcière. Ce qu'elle avait pris pour un cœur mauvais était alors le cœur de quelqu'un qui souffrait. Ainsi son sort lui semblait bien ridicule puisqu'elle avait pensé qu'un cœur de pierre valait alors mieux qu'un cœur plein de souffrance. En réalité, la sorcière ne trouvait pas cette assertion totalement fausse, mais elle lui avait donné une idée.

Elle descendit alors seule au village et alla à la rencontre des amis du prince à qui elle conta un plan pour faire une farce à leur jeune ami qui descendrait au village quelques jours plus tard.

Lorsque le jour arriva, elle accompagna le prince au village où aucun de ses amis n'esquissa le moindre sourire ni ne vint à sa rencontre. L'une de ses amis s'était même enfuie en courant lorsqu'il s'était approché. Le prince se retrouva alors seul au milieu de la place du village, expérimentant pour la première fois une solitude non choisie, et victime de s'être fait retirer quelque chose qu'il considérait comme acquis. La douleur fût si aigüe que le prince se recroquevilla sur lui-même. Ses amis se précipitèrent alors vers lui, plus inquiets de l'état de leur ami que de la réussite de leur farce. La sorcière, qui avait observé la scène de loin, était soulagée pour la première fois depuis des années : la douleur avait fait céder la pierre et à présent, le jeune prince était libéré de son sort et avait trouvé de véritables amis.

LA CRUCHE VIDE

Il était une famille pour laquelle l'éducation des enfants était une chose primordiale. Dans cette famille, la tradition voulait qu'ayant atteint un certain âge, les enfants soient envoyés chez de lointains cousins qu'ils ne connaissaient pas afin de parfaire leur jugement et leur contact avec des étrangers. Eymline, qui venait d'atteindre cet âge fatidique, était assez confiante alors qu'elle était en route pour la demeure de ses lointains cousins. Ils avaient été prévenus de sa venue, et l'attendraient probablement au coche. Sa mère avant son départ, lui avait expressément conseillé de ne jamais émettre de jugement trop hâtif. Eymline ne se faisait aucun souci de ce côté-là car même si elle en pensait plus que nécessaire, elle savait garder ses pensées pour elle, ce qui, elle en était sûre, lui éviterait l'écueil de conflits certains.

Arrivée au coche, Eymline ne fût pas déçue lorsqu'elle se rendit compte que les deux jeunes hommes qui attendaient-là étaient tous deux ses cousins. Elle était dans un sens rassurée de rencontrer les plus jeunes de la famille avant les anciens, comme si cela pouvait lui permettre d'anticiper ce qui allait l'attendre. Arrivés chez ses hôtes, elle fût admirablement accueillie par le reste de la famille, la mère était beaucoup plus avenante que le père, mais tous deux semblaient très gentils. Eymline se dit alors qu'il n'y avait pas grande difficulté à vivre cette épreuve que ses parents lui avaient imposée, mais que puisqu'elle y était, elle profiterait de cette occasion pour s'amuser.

Le lendemain matin, Eymline découvrit que l'ainé des cousins qu'elle avait rencontrés s'appelait Artur, le puiné Eren et le cadet, qu'elle n'avait pas encore rencontré, Néliès. Arthur étudiait à devenir un Erudit, et Néliès s'était récemment engagé dans l'armée. Quant à Eren, à quoi il occupait ses journées, c'était un mystère.

Un jour au petit déjeuner, Eymline apprit avec surprise que ses cousins étaient passés par la même tradition qu'elle, et qu'ils avaient eux-même été envoyés chez des cousins étrangers. Artur lui expliqua que c'est souvent au retour de cette aventure que naissait la vocation d'une personne, ainsi il s'était plongé dans ses livres dès son retour dans l'espoir de devenir Erudit. Elle apprit également qu'il y avait un concours organisé par le roi pour devenir Erudit, et qu'il avait déjà échoué à cette épreuve par deux fois, sa dernière chance était prévue dans un peu moins d'un mois. Néliès quant à lui, s'était enrôlé dans l'armée une semaine après son retour et était ainsi reparti aussitôt, à la grande tristesse de sa mère qui en était pourtant fière. Curieuse, Eymline finit par demander :

- Mais si Néliès est passé par la tradition familiale, alors Eren qui est plus âgé a également dû le faire ! Comment ça s'est passé ?

Des regards gênés s'échangèrent autour de la table, tandis qu'Eren souriait silencieusement comme à son habitude. Son père finit par prendre la parole pour lui répondre un simple :

- Nous ne pouvons pas l'y envoyer
- Il est un peu particulier, renchérit sa mère, tandis que la curiosité d'Eymline grandissait. D'ailleurs, Eren, j'aurais besoin que tu ailles me chercher de l'eau dans la journée, c'est pour le bouillon de ce soir. Ce n'est pas pressé, mais je la veux avant ce soir, tu devrais y arriver ?

Eren acquiesça, puis sortit de table. Toute la journée, Eymline resta avec sa tante et lorsqu'elle essayait de s'informer sur la fameuse particularité d'Eren, elle n'avait pour seule réponse que des « tu verras bien ». Plus tard dans la journée, elle vit en effet : en début d'après-midi, Eren revint à la maison. Elles le virent arriver de loin, muni d'une cruche, et sa mère en était enchantée, réaction qu'Eymline ne comprit pas tout de suite. Mais lorsqu'Eren entra dans la maison, elles virent que la cruche était vide.

- Evidemment ! Quelle idiote, j'ai bien cru que le fait d'avoir ta cousine ici allait t'encourager à faire un effort mais non ! Il n'y a rien à faire, un benêt !

La tante d'Eymline retourna a ses affaires tout en grommelant tandis qu'Eymline alla à la rencontre de son cousin.

- Cher cousin, pourquoi cette cruche est-t-elle vide ?

- Chère cousine, à quoi sert donc une cruche ?

Eymline se demanda d'abord si son cousin se moquait d'elle, puis elle décida d'agir comme si de rien n'était.

- Je vais te débarrasser. Dit-elle en saisissant la cruche
- Mère trouve la maison déjà trop encombrée, mets la dehors en attendant, j'irai la rendre après diner.

Eymline s'executa et alors que son cousin disparut toute l'après-midi, il se mit à pleuvoir averse, si bien que la cruche arrivée vide fut vite remplie d'eau de pluie. Lorsqu'elle s'en rendit compte, Eymline apporta la cruche pleine d'eau à sa tante qui ne tarissait d'éloges à l'égard de la jeune fille. Eymline quant à elle, se disait que c'était tout de même une heureuse coïncidence.

Les jours passèrent et depuis cette aventure, plus personne ne se gênait pour traiter Eren d'imbécile et de benêt, chose dont il semblait avoir l'habitude bien que la famille s'en soit caché d'Eymline les premiers jours de son séjour. De plus en plus, sa tante l'envoyait accompagner Eren lors de ses courses et, très vite, Eymline apprit qu'Eren était bien connu des gens de la ville.

Un jour, alors que sa mère lui avait reproché de ne rien faire pour aider la maisonnée à avoir de quoi manger, Eren lui avait amené un œuf, ce qui l'avait rendue folle de rage. Quelques semaines plus tard, elle avait appris en ville qu'Eren avait fait don d'une poule à une famille pauvre, elle fit bien bonne figure, mais assena Eren de reproches à son retour à la maison « qu'ai-je donc bien fait pour que tu sois plus utiles à des inconnus qu'à ta propre famille ! ». Bien entendu, ces deux évènements n'avaient pas de lien... Mais

Eymline y vit encore une très étrange coïncidence. Elle tenta de s'en ouvrir à Artur, qui en bon ainé, adorait son frère.

- Je l'aime de tout mon cœur, mais vois-tu, il est limité. Ce n'est pas de sa faute, il faut l'aider et l'encourager à s'améliorer.

Eymline admira beaucoup la bonté d'Artur et elle pensa qu'elle aurait aimé avoir un frère tel que lui. Artur étudiait beaucoup, et le concours devrait être bien difficile pour qu'il l'eût échoué deux fois. Il s'enfermait des heures durant dans le bureau de son père, enseveli sous des piles de feuilles et de livres et ne sortait que pour manger. Ce jour-là, Artur était exceptionnellement sorti faire une course de la plus haute importance pour son père, et Eymline vit Eren s'introduire dans le bureau d'étude. Lorsqu'elle l'y suivit, elle y trouva des piles de feuilles maculées d'encre, illisibles. Rares étaient les feuilles encore intactes. Eymline resta interdite. Le soir, un drame s'ensuivit.

- Je t'ai toujours protégé, mon frère, mais aujourd'hui, tu peux me rayer de ta vie ! Dès demain j'irai vivre ailleurs, je ne peux plus vivre sous son toit ! hurlait Artur, tandis que sa mère essayait de le raisonner

- Voyons, il ne voulait pas à mal, et regarde, il reste des pages intactes ! Et un livre tout entier !

- Que veux-tu que j'en fasse ? s'écria Artur

- Que tu les étudies ? glissa Eren, ce qui provoqua une vague d'énervement parmi tous ceux présents dans la maison.

Les semaines passèrent, sans une nouvelle d'Artur mis à part lorsque son père allait le visiter dans une auberge en ville. Puis un jour, il revint, le sourire aux lèvres. Il avait obtenu son concours, et semblait être une toute autre personne.

- Je te pardonne, mon frère ! Il se trouve que le livre et les pages qu'il me restait à étudier suffisaient à réussir cette épreuve…

Ce soir-là, le diner fût joyeux, Eren était comme à son habitude souriant, et Artur revêtait un dynamisme qu'Eymline ne lui avait jamais vu. Elle était également souriante et assistait calmement aux éclats de rire, lorsqu'Eren se pencha sur elle et lui glissa « Alors, que penses-tu des heureux hasards, très chère cousine ? » avant de retourner à son repas.

Eymline repensa souvent à cette phrase, et lorsqu'elle rentra finalement chez elle, sa mère lui demanda ce qu'elle avait appris.

- Mère… Je pense que n'est pas nécessairement benêt celui qu'on croit.

Avec le recul, elle avait pu voir qu'Eren était incompris dans sa famille qui était telle un enfant à qui on montre quelque chose du doigt, mais qui ne se concentre que sur le doigt. Elle resta en contact avec son cousin et espérait un jour elle finirait par comprendre ce benêt de génie, ou ce génie de benêt.

LES ROYAUMES JUMEAUX

Il était un royaume, immense, gouverné par une famille royale à la fois puissante et adulée par le peuple. Cette famille était composée du roi, de la reine, et de leurs deux fils, Albin et Aldrin.

Albin et Aldrin étaient deux frères jumeaux qui, bien que tout à fait similaires vu de l'extérieur, avaient une personnalité très différente l'un de l'autre. Aldrin aimait faire une plaisanterie de tous les sujets, et bien qu'il eût quantité d'amis, aucun n'aurait fait appel à lui pour un sujet grave. Albin de son côté avait certes moins d'amis, mais ils lui étaient plus fidèles car sa façon de tout prendre très au sérieux en faisait quelqu'un de fiable.

Les deux frères ne parvenaient pas à s'entendre car Albin était trop sérieux aux yeux d'Aldrin, tandis que ce dernier semblait trop frivole aux yeux de son frère. Lorsque le roi, puis la reine quittèrent ce monde, le royaume fut divisé en deux parties de tailles égales. Albin avait hérité du royaume du nord, car son caractère le rendait parfaitement capable d'en apprécier et d'en exploiter les ressources, alors que son frère devint roi du royaume du sud où la douceur de la vie seyait si bien à sa personnalité.

Pendant plusieurs années, les deux royaumes prospéraient chacun de leur côté, mais un jour, Aldrin décida de se marier, et comme le voulait la coutume familiale, Albin devait être présent à la cérémonie et y apporter un bijou ayant appartenu à sa mère et en faire cadeau à sa future belle-sœur. Bien entendu, il fût aisé pour Albin de retrouver un tel bijou car dans son royaume, tout avait sa place et s'y trouvait. Il alla donc dans le royaume voisin, et emmena le présent de sa belle-sœur, Eline. Cela faisait longtemps qu'Albin n'avait pas vu son frère, et il le retrouva tel qu'il était dans son souvenir, sociable et insouciant. Mais il devait admettre que contre toute attente, son royaume prospérait ainsi, aussi l'insouciance apparente d'Aldrin n'était pas un défaut aussi grave qu'il l'eut pu penser.

Albin rencontra à cette occasion sa future belle famille, Eline une jeune femme active qui ne tenait pas en place et avec qui il était agréable de converser, et ses deux frères dont le plus jeune semblait effacé tandis que l'ainé lui faisait penser à Aldrin.

Dans un premier temps, Albin se rendit compte qu'il se méfiait du plus jeune : « il ne dit pas ce qu'il pense », avait-t-il songé, ainsi il évitait sa compagnie et ne parvenait pas à lui être agréable lorsqu'elle lui était imposée. Cette méfiance semblait-être réciproque, ce qui facilitait leurs interactions imposées.

C'est seulement au bout de quelques jours, qu'Albin eût enfin l'occasion de discuter seul à seul avec son frère :

- Je dois dire, mon frère, que j'ai été agréablement surpris en arrivant de voir à quel point tu es apprécié de tes sujets dans un royaume aussi prospère qu'il est permis.

- Ma foi, Albin, il m'est rare d'entendre des compliments dans ta bouche ! Et tu as rencontré ma promise, que penses-tu d'Eline ?

- Une jeune fille tout à fait appréciable, je pense qu'elle sera une bonne reine et que tu seras chanceux, mon frère, d'être son époux. En revanche je me méfie bien de son frère.

- Ne m'en parle pas ! Un jeune homme frivole qui n'a aucun sens des responsabilités. Lorsque nous serons mariés, il sera le frère de la reine, à ce titre, je devrai lui donner des terres… Je ne sais de quelles terres il pourrait bien s'occuper, lui qui est bien plus intéressé par son propre plaisir.

Albin mit quelques secondes à comprendre que son frère parlait de l'ainé d'Eline et non se son cadet. Il failli s'étouffer de rire en se rendant compte qu'il avait émis les exactes mêmes critiques envers son frère avant leurs accessions aux trônes.

Je parlais du plus jeune frère, Aldrin, rectifia-t-il finalement après avoir enfin cessé de rire.

- Qu'y a-t-il de si drôle, Albin ? Allons, dis le moi.

Albin résuma sa réflexion à son frère avec la franchise qui le caractérisait, et bien qu'Aldrin soit légèrement piqué dans son orgueil, il avait l'avantage de ne pas connaitre la rancune, encore moins avec un frère qu'il ne connaissait que trop bien. Il reprit finalement la parole pour demander à Albin : « Mais alors, pourquoi te méfies-tu du plus jeune frère ? ». Albin lui exposa alors ses objections, à savoir qu'il semblait calculateur et indigne de confiance. Ce fût alors à Aldrin d'éclater de rire, et la mine de son frère le fit s'égosiller de plus belle.

- Mon frère, tu as été franc avec moi, alors je le serai avec toi : je pense que ce jeune homme a les mêmes objections envers toi que celles que tu as envers lui !

Albin ne s'attendait certes pas à cette remarque de la part de son frère, aussi il fût plus surpris que vexé, et estima qu'il serait intéressant de voir s'il avait raison. Il resta donc fort attentif durant toute la cérémonie de mariage, et remarqua que le jeune frère qui semblait si calculateur avait un sourire sincère lorsqu'il était entouré de ses proches. Plongé dans ses pensées, il se réfléchit soudainement à l'image qu'il reflétait à ce moment même, ce qui le fait sourire. Il devait sembler froid et calculateur, mais il était simplement plongé dans ses réflexions. Il apparut alors qu'à l'instar des qualités, parfois, on voit mieux ses propres défauts chez les autres.

Aldrin rentra dans son royaume, le sourire au lèvre, car la cérémonie de mariage avait été une réussite, mais également parce qu'il avait confiance en l'avenir de son frère et du royaume qu'il gouvernait.

LE SAC DE POMMES

Il était une jeune fille qui avait grandi dans une ferme. Cette jeune fille, prénommée Célia, avait été élevée par son père et son grand frère, et avait appris à faire toutes les taches qu'il était possible à la ferme. Elle se débrouillait d'ailleurs si bien, que lorsque son frère et son père devaient aller en ville pour vendre leurs produits, elle pouvait gérer seule la ferme et, ce, des jours durant. Mais ces périodes restaient rares, car cette ferme était grande et demandait trop de travail pour une seule personne. Malgré tout, Célia ne se plaignait jamais de cette surcharge de travail.

Un jour, le père de Célia décida que c'était à son tour d'aller en ville avec son frère, car si elle savait tout faire à la ferme, elle n'avait jamais eu de telle responsabilité que celle de vendre leurs produits à la ville. Célia qui avait une grande confiance en ses capacités accepta volontiers, et quelques jours plus tard, elle partit à la ville avec son frère.

Ils n'avaient pas beaucoup de marchandises à vendre, et le grand frère de Célia lui présenta leurs clients réguliers, si bien que leurs produits furent rapidement écoulés. Ainsi les deux jeunes gens purent jouir du reste de leur journée en ville. Le grand frère de Célia s'installa avec des amis dans la taverne de l'un de leurs clients qui leur avait acheté des légumes, et lui enjoignit de l'y retrouver une heure avant le coucher du soleil. Ainsi, Célia décida de se promener en ville.

Elle croisa une vieille dame qui portait un panier de pommes trop lourd pour elle et en fit tomber quelque unes. Comme c'était une jeune fille très serviable, elle proposa son aide à cette vieille dame, ramassa les pommes qui étaient tombées et lui porta le panier chez elle. En la remerciant, la vieille dame lui donna quelques pommes « après tout, vous les avez sauvées ». Célia reprit son chemin, puis croisa cette fois une jeune femme qui essayait de porter un seau d'eau d'une main et un bébé de l'autre. Voyant l'eau se renverser et la jeune femme peiner à avancer, elle lui proposa son aide, et porta pour elle le seau jusqu'à sa destination. La jeune femme la remercia profondément et Célia continua sa route, heureuse d'avoir pu se montrer utile.

Un peu plus loin, Célia vit une charrette dont la roue venait de se briser. Sur cette charrette, il y avait un canon – Célia n'en avait jamais vu, mais elle en avait entendu parler- et des boulets qui, déséquilibrés par la roue cassée tombaient un a un au sol et roulaient dans toutes les directions. Célia se précipita pour ramasser les boulets qui roulaient vers elle, et les rendre à leur propriétaire. « Laissez, dit-il, c'est trop lourd pour une femme ». Célia fût surprise par ces paroles puis proposa son aide pour réparer la roue de la charrette, une fois déchargée de son canon. Le propriétaire du canon et de la charrette éclata de rire, puis, voyant que la jeune fille était sérieuse, il accepta la proposition. Célia, qui avait l'habitude de réparer la charrette de la ferme, répara rapidement la roue, et l'armateur qui était à la fois surpris et impressionné, la remercia en lui offrant une pièce d'or.

Arriva alors l'heure où le soleil commençait à décroitre dans le ciel, Célia décida alors de retourner à la taverne auprès de son frère. Lorsqu'elle arriva, elle rejoint la table de son frère qui lui fit une place à côté de lui. « Une chope de bière pour la demoiselle ! » demanda-t-il à la tavernière qui la lui apporta aussitôt. Célia fit glisser la pièce d'or vers son frère, qui la regarda, mi amusé, mi étonné, avant de scander un « tournée générale pour cette tablée ! ». Il l'interrogea ensuite sur la provenance de ce sou d'or, ce à quoi elle se contenta de répondre : « Lorsqu'on est en ville, les compétences payent vite ! ». Le grand frère qui connaissait bien sa sœur n'en demanda pas plus, c'était une fille débrouillarde et cela ne faisait aucun doute.

En rentrant, elle sortit de sa besace les pommes que lui avait offertes la vieille dame et les offrit à son père et à son frère. Son père fût amusé et croqua dans une pomme tout en se demandant quelles aventures sa fille avait pu vivre en ville qui lui avaient valu ces délicieuses pommes.

LES RADIS GÉANTS

Il était une fois une jeune fille dont nous avons déjà parlé précédemment. Quelques années après sa première aventure en ville, Célia était devenue une fermière accomplie qui prenait grand soin de ses légumes. Elle les traitait avec tant et tant de soin qu'un jour, elle eut la surprise de récolter des radis bien plus gros que d'habitude. Elle alla alors en ville avec seulement une douzaine de radis, mais dont la taille dépassait dix fois ce dont elle avait l'habitude. Empreinte de fierté et d'orgueil, elle alla d'abord à la taverne, qui non seulement était son plus gros client, mais en plus était le meilleur endroit pour exposer ses légumes exceptionnels et faire ainsi parler de sa ferme dans toute la ville.

Cela n'y manqua pas, car à peine montra-t-elle ses radis qu'une petite foule se forma autour d'elle. Très vite, la rumeur de très gros légumes se répandit, si bien que la tavernière et elle durent exposer les légumes à l'entrée de la taverne afin que les gens de la ville puissent les admirer sans se presser à l'intérieur. Lorsqu'elles finirent de déplacer les radis géants, un homme qui fumait la pipe dans la taverne se leva et alla les contempler. Cet homme qui avait l'air tout à fait respectable, clama d'une voix forte :

- Mais ce ne sont pas des radis, ces légumes ! Ce sont des navets, gros pour des navets, j'en conviens, mais ceci est moins impressionnant que si l'on parlait de radis !
- Mais enfin, c'est Célia même qui les a plantés, elle sait ce qu'elle a planté tout de même ! rétorqua la tavernière

Mais c'était trop tard, la rumeur de navets étonnamment grands s'était répandue. La tavernière et Célia ne cessaient d'essayer de rectifier la rumeur par des « Mais elle sait ce qu'elle a planté voyons ! », « M'enfin vous n'avez qu'à gouter si vous avez un doute ! ».

Malgré tout, l'homme tout-à-fait respectable restait là et campait sur ses positions. En réalité, il avait l'air si sûr de lui que Célia même avait envie de douter, mais elle connaissait trop bien ses légumes pour se laisser ainsi berner. Ainsi elle était impressionnée par la ténacité de la tavernière qui campait également sur ses positions.

Finalement, la petite foule qui s'était formée et qui voulait connaitre le fin mot de l'histoire réussit à convaincre la tavernière (qui avait acheté les légumes à Célia) d'en couper un en deux pour en voir l'intérieur. Elle lava alors l'un des radis, puis le coupa en deux. Cela ne faisait plus aucun doute pour elle, bien qu'il n'y ait eu aucun doute depuis le départ :

il s'agissait bien d'un radis. Célia également fût soulagée, il n'y avait plus aucun doute de permis !

Certaines personnes dans l'assemblée semblèrent avoir la même réaction que les deux femmes, probablement celles qui en avaient déjà cuisiné. Mais très vite, l'homme-très-respectable scanda : « Ah, voilà que j'avais raison ! C'est un beau navet, cela va sans dire ! ». Aussitôt, la foule se rangea à son avis, et même si certaines personnes restaient sceptiques, Célia reçut une invitation officielle du maire pour représenter ses « navets » à la prochaine foire aux légumes.

Célia était véritablement dépitée par ce qui venait de se passer, et alors que l'excitation de la foule s'était dissipée, elle s'installa au bar de la taverne et sirota une bière que l'on venait de lui servir.

- Mais comment peut-on à ce point douter qu'un chat est un chat ? demanda-t-elle à la tavernière ?
- Ah, ça ma chère, c'est le fruit d'un pouvoir de persuasion combiné à la bêtise de la foule. Si quelqu'un de très respectable est très sûr de lui, il fera douter n'importe lequel d'entre nous. Tu as bien vu que certains étaient sceptiques dans cette foule, pourtant personne n'a osé s'opposer à lui car personne ne voulait prendre le risque de se tromper et de passer pour un imbécile.

Célia écouta en silence tout en buvant sa bière, il était vrai que l'assurance de l'homme-très-respectable était déconcertante. Elle comprenait parfaitement que quiconque eût pu douter. Ainsi cette journée ne se déroula pas du tout comme elle l'avait imaginé, mais elle en avait tiré une leçon importante : en ville, le charisme et l'assurance pouvaient aisément surpasser la vérité.

Lorsqu'elle raconta cette aventure à son père, celui-ci éclata de rire, comme à son habitude, et se contenta d'ajouter : attends un peu que ces « navets » finissent dans leurs assiettes, s'ils ne font pas la différence, alors on pourrait bien leur servir du rat en lieu et place du poulet ! ». A l'image de l'homme-très-respectable mangeant du rat, Célia éclata de rire. Finalement toute cette aventure était bien risible !

LE SAVOIR DES GRAINES

Il était un jeune prince qui s'installa dans un nouveau château. Ce jeune prince était bon et bien attentionné, ainsi, aussitôt qu'il s'installa, il fit mander les paysans des terres alentours pour prendre leurs doléances. Très vite, il se rendit compte que les paysans de cette région ne cultivaient que des pommes de terre, et que lorsque les conditions climatiques ne permettaient pas aux commerçants de voyager, ils n'avaient alors rien d'autre à manger.

Préoccupé par ce problème récurrent, le prince qui voulait bien faire fit mander un jardinier pour cultiver ses propres terres. Au bout de plusieurs semaines, le nouveau jardinier vint et très vite il planta quantité de légumes qui ravirent les palais des personnes vivant au château.

Le prince, qui trouvait qu'il était dommage que seuls les habitants du château n'eussent l'occasion de manger des légumes variés convoqua alors son jardinier :

- Mon cher, vous faites un travail formidable, et la variété de vos légumes me ravit !
- Merci mon prince, c'est un honneur.
- J'aimerais que tu apprennes à certains paysans qui le souhaitent à cultiver des légumes comme tu le fais.
- Bien mon prince.

Le prince fût ravi de son idée, et très vite, une demi-douzaine de paysans se pressa sur les terres du prince pour apprendre à cultiver d'autres légumes que leurs sempiternelles pommes de terre. En vérité, le prince ne connaissait pas réellement son jardinier, mais comme il pensait que tout le monde était de bonne volonté, il ne douta pas que son entreprise fonctionnerait à merveille. Et elle fonctionna. Quelques mois plus tard, on trouvait sur les marchés des villages environnants une grande variété de légumes, et les paysans avaient l'air plus heureux et en meilleure santé. Le prince se félicitait de cette réussite.

Le temps passa et, quelques mois plus tard, le prince se fit dire que les légumes si variés sur les marchés des villages, l'étaient de moins en moins. Toujours fidèle à lui-même, il fit convoquer les paysans afin de comprendre la cause de cette régression. Les paysans vinrent les uns après les autres au château et expliquèrent qu'ils n'avaient pas les moyens d'acheter les graines nécessaires à chaque saison.

Le prince qui ne savait pas que les paysans devaient acheter des graines décida de faire venir son jardinier.

- Est-t-il vrai que les paysans tels que Maurice ici présent doivent acheter des graines pour faire pousser leurs légumes ?
- Oui, mon prince.
- Et c'est auprès de toi qu'ils doivent les acheter ?
- En effet, mon prince.
- Mais, les tiennes, où te les procures-tu ?
- Je les produis, mon prince.

Bien que le jeune prince se senti berné, il n'en montra rien et continua son interrogatoire.

- J'aimerais que tu apprennes aux paysans à les produire également, peux-tu faire ça pour moi ?

Le jardinier répondit, rougissant un faible : « oui, mon prince », et malgré ses réticences, il transmit son savoir aux paysans qui, ravis, purent cultiver les légumes autant qu'ils le souhaitaient. De ce fait, les paysans produisirent de plus en plus de légumes, tant et si bien qu'ils purent les vendre de plus en plus loin, et que la région attirait sans cesse de nouveaux habitants. Le prince ne reparla jamais à son jardinier du fait qu'il se soit enrichi dans son dos, et ce dernier était ravi d'avoir conservé un emploi de plus en plus prestigieux à mesure que la région gagnait en importance.

LA LAME DU FORGERON

Il était un apprenti forgeron qui arrivait bientôt au terme de son apprentissage. Il était jeune et ambitieux, et malgré son jeune âge, il semblait avoir acquis le respect de son maitre. Le jeune apprenti qui s'appelait Fendric, rêvait de s'installer dans une grande ville, plus grande encore que celle dans laquelle il avait fait son apprentissage. Pour se faire, il était toujours en quête d'ouvrages qui lui permettraient de parfaire son art et c'est ainsi, qu'un jour, il fit la rencontre d'un jeune prince qui, avant son accession au trône, souhaitait acquérir une armure complète ainsi qu'une arme à la hauteur de son statut.

Ce prince voulait une armure de haute qualité mais originale, cependant il avait insisté pour voir un modèle de l'armure avant qu'elle ne soit forgée :

- Je connais bien les artisans dans votre genre, vous êtes capables de produire des objets d'une qualité inégalable, mais dès lors qu'on vous parle d'originalité, vous seriez capable de me présenter une armure d'un ridicule à faire pâlir le plus idiot de mes soldats.

Ainsi, Fendric, qui avait quelques talents en dessin, et le prince avaient conçu ensemble des plans pour une armure ainsi qu'une épée longue à deux mains. Fendric était ravi de ce projet, bien qu'il s'agisse d'un ouvrage qui risquait de lui prendre plusieurs mois. Il alla alors présenter ses plans au maitre forgeron qui fût à la fois enchanté et très impressionné par l'ampleur de l'ouvrage prévu par son élève.

- C'est un bel ouvrage que voilà, mais tu n'auras certainement pas le temps de le finir avant ton départ ? Tu pourras peut être faire l'épée…

Le départ de Fendric, et ainsi la fin de son apprentissage, était prévu pour le mois suivant, et Fendric savait que son maitre avait déjà engagé un assistant forgeron pour le remplacer. Il ne pourrait se permettre de rémunérer les deux.

Fendric, déçu, commença à forger l'épée qu'il avait promise au prince. Il ne pouvait pas en vouloir à son maitre car il serait logique qu'il s'occupe lui-même de ce projet d'armure, ou qu'il le confie à son futur assistant. Malgré tout, il ne pouvait s'empêcher d'être déçu car c'était un projet qu'il avait vu naitre, et qu'il aurait été heureux de participer à son aboutissement.

Pendant le mois qui lui restait, il produit la plus belle épée qu'il eût jamais forgée. Le prince, ravi de cet avant-goût, en loua également la grande qualité. Il fût surpris de savoir que le reste de son ouvrage serait confié à un autre que Fendric, mais il avait hâte de découvrir sa nouvelle armure.

Quelques mois plus tard, Fendric qui cherchait du travail à la capitale, croisa le prince vêtu de sa nouvelle armure. A sa grande surprise, il le reconnut, et l'invita au château. Le prince lui expliqua qu'il était à présent devenu roi et qu'il était toujours ravi de passer du temps avec des personnes qu'il avait connu lorsqu'il était encore prince. Fendric, intimidé, raconta au roi son voyage depuis leur dernière rencontre, et finit par admettre qu'il aurait aimé être l'artisan à l'origine de son armure. Le roi écouta avec un grand intérêt le récit de Fendric. Il comprenait sa frustration et le calme et la dignité avec lesquels il avait accepté la situation, appelaient le respect, si bien qu'il souhaitait l'aider. Ainsi, il décida de parler de lui au forgeron du château qui accepta d'accueillir Fendric en tant qu'assistant dans sa forge.

Le forgeron, qui était ravi du travail de Fendric, vit en lui ce que le roi avait également vu quelques mois auparavant, à savoir qu'il s'agissait de quelqu'un de juste et de méritant. Il ne passa pas deux ans avant qu'il décida que lorsqu'il quitterait sa forge, il voudrait que Fendric soit son successeur.

Finalement, Fendric se rendit compte qu'avoir fait contre mauvaise fortune bon coeur lui avait valu de nouvelles opportunités d'autant plus prometteuses.

LA CENDRE DE SAUGE

Il était une chanteuse très talentueuse qui se produisait dans les meilleures tavernes de la ville. Cette chanteuse savait bien séparer sa vie privée de sa vie professionnelle, aussi habitait-t-elle loin des tavernes dans lesquelles elle chantait et elle se présentait sous un faux prénom. Les clients des diverses tavernes la connaissaient sous le nom d'Elisa.

Sur ses lieux de travail, tout le monde l'appelait Elisa, y compris la tenancière de l'une des tavernes, sa meilleure amie, qui connaissait pourtant son véritable prénom. Elisa était donc une jeune femme connue et appréciée de la clientèle qui pensait la connaitre autant qu'il était possible. Elle se montrait amicale et ses chansons racontaient des histoires du quotidien telles qu'il était aisé de penser qu'elle était aussi ordinaire que ses chansons. Cependant Elisa avait un secret. Ce secret était bien gardé, car seule elle et la tenancière – qui le désapprouvait pourtant- en avaient la connaissance. Elisa venait parfois à la taverne, grimée en une vieille femme vêtue de tissus colorées et croulant sous des bijoux très colorés pour dire la bonne aventure aux clients de la taverne.

La seule raison pour laquelle la tenancière n'avait pas tenté de mettre un terme à cette mascarade était qu'Elisa ne mentait jamais à ses clients et que ses conseils visaient souvent très juste. Les prédictions d'Elisa avaient permis de rabibocher des couples en péril, d'éviter des conflits entre commerçants, parfois même d'encourager des alliances commerciales, militaires ou d'autre nature. Pour faire ses prédictions, Elisa suivait toujours le même rituel : elle brulait de la sauge dans une coupelle et en enfermait la fumée dans une boule de cristal. Ensuite, elle scrutait la fumée pendant un temps, puis elle la libérait et portait son attention sur les cendres de la sauge. D'après elle, la fumée lui apportait le contexte tandis que les cendres lui donnaient des détails sur la marche à suivre pour résoudre les situations qui pouvaient l'être.

En vérité, pour Elisa, la fumée représentait ce qu'elle observait lorsqu'elle montait sur scène, et les cendres, le fruit de ses réflexions. C'est donc dans les cendres que résidait le défi principal de la tâche. De plus, Elisa mettait un point d'honneur à ne dire la bonne aventure qu'à des clients habituels de la taverne, ce qu'elle justifiait comme étant sa « façon de rendre service » à la tenancière. Tout ceci était une combine très bien ficelée, et la diseuse de bonne aventure qu'était Elisa était d'autant plus prisée qu'elle ne venait que rarement à la taverne.

Parfois, certains clients se prêtaient au jeu d'essayer de deviner la véritable identité de la mystérieuse diseuse de bonne aventure. Souvent, il s'agissait des personnes les plus sceptiques qui pensaient que de la cendre, même de sauge, n'était rien d'autre que de la cendre. Ils soupçonnaient alors tour à tour les femmes présentes dans la taverne, puis les femmes des habituées, et enfin, les habitués eux même. L'un d'entre eux, sans doute le plus paranoïaque, s'était lui-même grimé afin de se présenter à la taverne sous les traits d'une voyante. Il espérait ainsi montrer à ses camarades qu'il était aisé de les duper, mais le malheureux fût reconnu dès les premières minutes de son arrivée sur place.

Alors que pour certains, l'enquête se poursuivait, la plupart des clients laissaient la diseuse de bonne aventure en paix, voire, prenaient sa défense lorsqu'elle se fit attaquer par un ivrogne en quête de vérité. Elisa, qui était très courageuse, se contentait dans ces cas-là de garder son sang-froid et d'espacer sa prochaine visite. Ainsi, elle avait fini par acheter sa tranquillité, car dans le fond, ce qui intéressait plus les clients que de savoir comment Elisa faisait ses prédictions, c'était de savoir qu'elle leur avait rendu service.

Elisa continuait alors cette mascarade qui, à ses yeux n'en était pas vraiment une. Elle ne faisait pas ça pour l'argent, d'ailleurs elle ne chargeait que rarement ses services. Il lui était simplement amusant d'observer de jour en jour ce qui pouvait se passer entre les murs d'une taverne. Lorsqu'elle montait sur scène, elle voyait tout : de la plus flagrante des querelles de couples au plus subtil rictus de désapprobation lorsque, par exemple, quelqu'un qui remboursait une dette ne s'encombrait pas de la rembourser jusqu'au moindre centime. Toutes ces petites ou ses grosses contrariétés, Elisa les voyait de son perchoir, et elle avait souvent constaté que les désaccords prenaient naissance dans des incompréhensions de l'une ou de l'autre part. Avec ce personnage mystérieux de la diseuse de bonne aventure, elle avait trouvé un moyen d'intervenir en tant que tierce personne dans ces histoires, et de désamorcer des conflits qui n'avaient pas lieu d'être. Elle savait qu'elle n'aurait pu tenir ce rôle en tant qu'Elisa, la chanteuse. D'ailleurs, personne ne l'avait jamais soupçonnée d'être cette fameuse diseuse de bonne aventure : c'était bien la seule femme qui avait été épargnée.

Pourtant, une personne l'avait secrètement soupçonnée : il s'agissait de l'homme qui s'était grimé pour dévoiler la supercherie. Suite à cette mésaventure, il avait décidé de faire profil bas et se contentait d'observer. Depuis qu'il observait plus qu'il ne vociférait, il faisait des constats de plus en plus intéressants, du reste qu'il ne prenait plus la peine de partager qu'avec lui-même. Son premier constat était que les conseils de la vieille dame étaient sains, et qu'en effet, ils avaient plus d'impact dans sa bouche que dans celle de n'importe qui d'autre. Ceci était peut-être dû au fait qu'elle était extérieure aux diverses situations, ou qu'il n'y avait aucun conflit d'intérêts. Ensuite, il avait remarqué que la peau de la vieille dame, pourtant bien cachée sous des monceaux de tissus, n'avait pas l'air si fripée que cela. Le jeune homme soupçonna bien vite Elisa, et plus il la voyait se produire, plus il remarquait la lueur intelligente avec laquelle ses yeux balayaient la pièce. Elle semblait tout observer.

Le jeune homme se demanda comment il ne s'en était pas rendu compte plus tôt, et comment personne d'autre ne pouvait avoir remarqué que cette chanteuse était en réalité bien plus ancrée dans cette communauté qu'elle n'en avait l'air ? Il se creusa la tête des jours durant, et puis un soir, alors qu'Elisa finissait sa dernière chanson, il alla l'attendre au pied de la scène. Les regards indiscrets le virent lui serrer la main, lui offrir un verre au bar, puis discuter jusqu'à ce que le dernier regard indiscret fût celui de la tenancière qui ferma sa taverne.

LA POULE OU LE BLÉ

Il était un châtelain très apprécié de ses sujets, comme il était ancien, on le considérait comme étant sage, mais par-dessus tout, il était toujours souriant et à l'écoute des autres. Les villageois comme les habitants du château le trouvaient avenant et n'hésitaient pas à lui soumettre leurs doléances. Le châtelain les rassurait et répondait positivement à leur requête avant d'appeler son conseiller pour régler les détails pratiques.

Son conseiller, au contraire, avait la réputation d'être un homme dur. On lui reprochait, entre autre, d'être la personne à cause de laquelle les taxes ne baissaient pas, bien que le châtelain ait donné son accord. Beaucoup de villageois se plaignaient de la présence de ce conseiller qui représentait pour eux un obstacle.

Un jour, un fermier demanda une audience au châtelain car son voisin s'était mis à chasser ses poules. Il demanda alors que ledit voisin lui rembourse la valeur des poules ainsi que celle des œufs qu'ils auraient pu produire. Le châtelain, compatissant, accorda raison au fermier, et comme d'habitude, demanda à son conseiller de régler les détails. Le conseiller n'eût pas à convoquer le voisin du fermier car celui-ci vint de lui-même plus tard dans la journée, requérant une audience avec le châtelain. Il se plaignit de son voisin qui libérait ses poules dans ses champs de blé, détruisant ainsi toutes ses récoltes, et il réclama que son voisin lui rembourse la valeur des récoltes détruites. Le châtelain, compatissant, accéda à la requête de l'agriculteur, et demanda à son conseiller de faire appliquer la sanction.

Le conseiller qui avait compris que cette querelle de voisinage requérait une médiation plus que des remboursements de chaque côté, convoqua les deux voisins et les fit se confronter. Il finit par conclure que chacun des deux voisins payerait… afin de construire une barrière qui empêcherait les poules d'atteindre les champs. Les deux fermiers durent admettre que cette solution était plus raisonnable que de débourser de l'argent pour rembourser l'autre sans réellement régler le problème.

Plus tard, en racontant leur mésaventure à des amis, chacun des deux parla en bien du conseiller, en mieux même que du châtelain, car sous ses couverts souriants, il leur avait fait croire que leur requête était raisonnable. Il les avait ménagés avec fausseté là où le conseiller les avait confrontés à la vérité. Avec le temps, les villageois réalisèrent que le respect qu'ils avaient pour le conseiller dépassait finalement la sympathie qu'ils avaient envie d'éprouver pour le vieux châtelain.

LES NÉNUPHARS NOYÉS

Il était un oiseau qui, lorsque le temps était venu, migrait vers des terres lointaines. Il suivait les courants chauds plus cléments et passait chaque saison dans un lieu différent. Cette routine qui était la sienne ainsi que celle de ses compagnons ne lui pesait pas outre mesure, mais il se surprenait parfois à scruter les nénuphars qu'il voyait se prélasser sur les lacs et à leur envier leur tranquillité. Les nénuphars avaient attiré son attention car il en avait vu posés sur l'eau des lacs de plusieurs de ses destinations. Un jour, alors que son aile le faisait souffrir, il passa plus de temps que prévu dans l'un des pays les plus chauds qu'il lui ait été donné de visiter. C'était un pays où, lorsque le soleil était haut dans le ciel, la chaleur devenait intolérable et lorsqu'il se mettait à pleuvoir, des torrents d'eau se déversaient. Cet oiseau, en allant s'abreuver au lac remarqua alors que seuls peu de nénuphars étaient calmement posés sur la surface de l'eau comme ceux qu'il avait l'habitude de voir. Certains étaient beaucoup plus hauts que la surface de l'eau et avaient été brulés par le soleil, et d'autres étaient simplement noyés dans l'eau du lac. En réfléchissant, l'oiseau réalisa que le niveau de l'eau baissait énormément lorsqu'il faisait chaud et sec, mais qu'après des pluies torrentielles, il augmentait également beaucoup.

Finalement les nénuphars qui vivaient là avaient eu bien peu de chance de vivre dans un pays au climat aussi capricieux, et l'oiseau qui les avait enviés songea que lui, au moins, pouvait se déplacer pour fuir les conditions de vie qui lui étaient inconfortable.

L'oiseau n'envia plus jamais les nénuphars et apprit à ne plus envier sur des apparences qui pouvaient se montrer parfois trompeuses.

LE FIL D'ARGENT

Il était une tisserande dont l'art était reconnu dans tout le duché. Sa mère était tisserande, et sa grand-mère l'était également. Cette tisserande, du nom de Nélia travaillait avec deux apprenties : Edna, sa fille et Meryl, une jeune fille aussi talentueuse que passionnée.

L'atelier recevait des commandes de la part de nobles qui n'hésitaient pas à faire des demandes plus farfelues les unes que les autres. De la robe aux reflets arc-en-ciel aux capes qui permettaient de se camoufler pour la chasse, Maitresse Nélia n'en refusait aucune. Elle-même avait développé des techniques de tissage exceptionnelles, puisqu'elle avait appris à tisser de l'or, ce qui suscitait la vive admiration de Meryl.

Edna quant à elle s'était trouvée à démarrer cet apprentissage sans vraiment savoir pourquoi. Ses camarades jugeaient qu'elle serait forcément bonne tisserande puisque sa mère et ses aïeules l'étaient. Finalement convaincue, elle avait décidé de poursuivre son apprentissage, car il était agréable d'être bon à quelque chose. Ainsi, à chaque nouvelle rumeur qui vantait la qualité ou l'originalité de leurs nouveaux ouvrages, elle fanfaronnait tantôt, et tantôt elle acceptait les compliments avec avidité.

Un jour, l'atelier reçut la visite du duc qui venait récupérer ses commandes en personne car il souhaitait féliciter Maitresse Nélia pour son art.

- J'ai vu que vous avez des apprenties, c'est une bonne chose. Vous savez que les duchés environnants nous envient grâce à vous ! Il serait aisé pour l'une de ces deux jeunes filles d'ouvrir son atelier dans un duché voisin.

Le soir, Nelia proposa à Meryl de rester diner, et elle aborda le sujet avec les deux jeunes filles.

- Envoyez Edna, Maitresse, pour ma part je ne me sens pas prête, je ne suis même pas capable de filer l'or comme vous le faites, répondit immédiatement Meryl.
- Moi, je me sens prête, mère. S'ils fournissent un atelier équipé, je pourrai faire des merveilles !

Nélia hésita quelques temps, elle connaissait bien les deux jeunes filles et savait que Meryl était très exigeante avec elle-même : filer de l'or n'était pas chose facile. Pour sa part, il avait fallu des années alors qu'elle était déjà Maitresse tisserande pour parfaire cette technique. Mais les deux jeunes filles s'étaient déjà mises d'accord, et Nélia décida de ne pas interférer dans leurs projets.

Edna partit le mois suivant, tout sourire, avec la promesse de correspondances régulières. Les mois passèrent et les courriers s'espacèrent, jusqu'à ce qu'un soir, Edna frappe à la porte de la maison de sa mère. Il pleuvait et elle était trempée, malgré tout sa mère remarqua immédiatement à ses yeux bouffis que son visage était baigné de larmes. Elle l'enlaça, et pris soin d'elle en attendant patiemment qu'elle s'exprime. Edna, une fois vêtue de vêtements secs et correctement réchauffée, toucha à peine à son assiette. Elle regarda sa mère avec un regard triste et honteux, puis glissa à mi-voix :

- Ce fût un échec cuisant, mère. Un véritable calvaire. Personne n'aimait ce que je créais, mes ouvrages m'étaient retournés. Un calvaire, mère. Je suis désolée.

Nélia ne put que réconforter sa fille. En vérité, la mère qui était en elle trouvait la situation injuste, mais la maitresse tisserande qu'elle était s'attendait à cette situation. Sa fille beaucoup trop fière tandis que ses ouvrages étaient médiocres, et elle l'avait appris à ses dépens.

- Tu t'entraineras, tu sais, il n'y a pas de secrets, si tu veux t'améliorer cela passe par la pratique, répondit Nélia en enlaçant sa fille

- Mais je n'y arriverai pas, j'ai pris trop de retard !

- Il n'y a pas de retard si tu ne te compares qu'à toi-même. La prochaine fois que tu vanteras tes ouvrages, tu auras de bonnes raisons de le faire. En attendant, ne te décourage pas.

Quelques jours plus tard, le duc passa à l'atelier, il remarqua Edna dans l'atelier, mais ne fit aucun commentaire et alla voir Nélia.

- Une histoire décevante, pour vous comme pour moi. J'ai dû me justifier, ma réputation en a pris un coup !

Nélia était aussi désolée pour le duc qu'elle l'était pour elle-même. Elle regrettait d'avoir laissé cette situation se produire, car elle aurait pu anticiper ce qu'il allait se passer. Si le choix avait été le sien, elle aurait envoyé Meryl, car celle-ci manquait de confiance en elle mais elle était bel et bien prête à finir son apprentissage.

- J'ai peut être une solution qui pourra rétablir votre réputation... A ce stade-là vous n'avez rien à perdre.

Le soir même, ce fut Meryl qui repartit avec le duc, afin de reprendre l'atelier abandonné par Edna, et quelques mois suffirent pour que la mésaventure d'Edna soit totalement oubliée par tous. Par tous, sauf par Edna elle-même ou par sa mère qui constatait chaque jour des nouveaux efforts fournis par sa fille. Cette aventure l'avait rendue plus humble, mais elle avait également appris à aimer son métier et à le pratiquer avec plaisir et curiosité. Parfois Nélia se demandait si elle avait finalement bien fait de laisser cette mésaventure se produire car de l'échec d'Edna était ressorti une motivation nouvelle. De plus, connaissant Meryl l'apprentie, si avait tenté sa chance avant Edna, elle aurait surement passé sa carrière à se dire qu'Edna aurait fait mieux qu'elle. Sans méchanceté aucune, elle se rendait à présent compte de sa valeur.

Meryl, qui avait gardé un tendre souvenir de Nélia et Edna (et n'hésitait pas à leur rendre parfois visite), s'était mis un point d'honneur à ne jamais vendre de fil d'or, car ceci, disait-t-elle, était l'apanage de sa maitresse. Il ne fallut pas quelques années pour que le fil d'argent de Meryl attire l'attention des nobles comme le fil d'or de Maitresse Nélia l'avait fait par le passé.

L'ESPRIT DE LA FORÊT

Il était un esprit de la forêt dont le nom variait selon les époques. Tantôt, Génie des malheurs disparus, tantôt Génie du futur approchant, ou plus simplement, Génie de la Foret, il s'agissait pourtant du même esprit, qui, malgré la variété de ses noms, n'avait qu'un seul pouvoir, et il avait décidé de le mettre au service des Hommes pour leur adoucir les épreuves de la vie.

Tous les ans, lors d'une cérémonie, hommes et femmes pouvaient porter des offrandes dans la forêt. La tradition voulait que chaque personne y aille seule et y pense aux malheurs qu'il voulait que le Génie efface. Ainsi, tous les ans, le Génie voyait venir à lui des personnes de tous horizons qui venaient lui confier leurs malheurs. Le voyage était parfois long, et les pèlerins devaient alors établir un camp dans la foret et faisaient, par la force des choses, connaissance avec d'autres personnes et avec leurs malheurs.

- Je m'appelle Sandar, et je viens ici pour effacer mes malheurs : mes deux fils ont disparu à la guerre.
- Je suis Alita, et je viens ici pour effacer mes malheurs : j'en suis à ma troisième fausse couche, je crois que je ne pourrai pas porter d'enfant alors que c'était mon souhait le plus cher.
- Je suis Meriem, et je viens ici pour effacer mes malheurs : je souffre d'une maladie incurable, et je crois que je ne verrai jamais naitre mes petits-enfants.
- Je suis Eline, et je viens pour effacer mes malheurs : je ne peux pas dire la vérité à mes proches, et j'en souffre.

L'esprit de la forêt voyait passer beaucoup de voyageurs, et voyait dans le cœur des humains si bien qu'il les connaissait mieux qu'eux même. Il était donc exempt de jugements, contrairement à leurs pairs qui ne pouvaient s'empêcher, si ce n'était de dire le fond de leur pensée, de le faire ressentir. C'est ainsi qu'Eline fût légèrement mise à l'écart des autres personnes qui s'étaient présentées en même temps qu'elle au Génie. En parlant, elle-même avait senti que ses malheurs n'étaient rien, comparé à ceux des autres personnes présentes, et bien que Sandar, Alita et Meriem s'étaient montrés courtois, ils lui parlaient à présent avec plus de condescendance qu'auparavant.

La nuit arriva, et les campeurs allèrent se coucher. C'était le moment pour l'esprit de la forêt d'agir. Il posa le cœur de son pouvoir sur le front de chacun des endormis, les uns après les autres.

Sandar rêva que l'un de ses fils rentrait à la maison avec une bien triste nouvelle : son frère était tombé au combat.

Mais à présent, Sandar n'était plus seul pour surmonter son deuil. Il avait retrouvé l'un de ses deux fils.

Alita rêva qu'elle tenait dans ses bras un nourrisson et lui donnait le sein. A ses pieds, un enfant un peu plus âgé jouait avec des chiffons.

Meriem rêva qu'elle était sur son lit de mort, entourée de sa nombreuse famille, et notamment de ses enfants dont l'un portait un nouveau-né dans ses bras.

Eline rêva qu'elle était exclue, plus que jamais, et que ses amis et sa famille lui tournaient le dos.

Le lendemain, Sandar, Alita et Meriem se réveillèrent, pétris d'une énergie nouvelle, ce qui ne fut pas le cas d'Eline. Ils avaient bien compris que l'esprit de la forêt avait fait son œuvre sur chacun d'eux, et étaient aussi ravis de voir leurs pairs dans le même état d'optimisme qu'eux même. C'est pourquoi, en voyant Eline, dans le même étant que la veille voire encore plus renfermée, ils ressentirent de la compassion. Ils ne comprirent pas l'essence du pouvoir du Génie, mais étaient de nouveau prêts à affronter la vie, ainsi ils décidèrent de se remettre en route, chacun, vers leurs foyers.

Eline, quant à elle, était contente pour ces inconnus dont les malheurs semblaient avoir disparus, mais elle ne comprenait pas pourquoi les siens persistaient. « Je suis une cause perdue », pensa-t-elle.

L'esprit de la forêt était chagriné de voir Eline dans cet état, mais son pouvoir était limité : en réalité, il ne pouvait montrer à chacun que des bribes de son futur, il ne pouvait pas l'inventer.

Eline resta plusieurs jours, et toutes les nuits, l'esprit lui apposait des visions en espérant la guider, et en espérant qu'elle comprenne. Chaque jour, Eline voyait arriver de nouvelles personnes avec de nouveaux malheurs qui semblaient s'évaporer du jour au lendemain, et elle ne comprenait pas.

Un jour, parmi les nouveaux arrivants éphémères, elle remarqua un jeune homme qui, comme elle, ne partit pas au bout de la première nuit. Il s'appelait Jonas, et le malheur qu'il avait exprimé était celui d'être détesté par ses pairs. Il refusait d'adresser la parole aux autres sous ce prétexte, et Eline se surprit à penser qu'il était normal qu'il soit exclu, s'il s'excluait lui-même. Cette pensée lui donna à réfléchir, car elle réalisa que les malheurs des autres qui semblaient se régler d'eux même venaient de choses qu'ils ne pouvaient pas maitriser, et qu'il leur fallait surmonter. Quant à elle, son malheur était le sien, et elle pouvait agir dessus. Cette nuit-là, elle rêva qu'elle parlait avec sa famille. Elle était en larmes, et sa mère la prit dans ses bras.

Elle se réveilla en pleurant, mais elle avait compris. Dans la matinée, elle chercha une pierre plate et y grava quelques mots, puis, elle déposa la pierre devant Jonas, sans un mot, avant de prendre la route pour rentrer chez elle.

Jonas, surpris, prit la pierre et y lut : « Si tu as une prise dessus, saisis la ».

LE DÉMÉNAGEMENT

Il était un peuple semi-nomade qui à chaque génération changeait de lieu de vie. Ils s'installaient à chaque fois sur des terres plus fertiles encore que les précédentes, et chaque déménagement était minutieusement orchestré par les anciens qui avaient déjà vécu une migration. Parmi ces anciens, la plupart avaient déjà vécu deux migrations, mais il était un grand sage qui en avait vécu trois.

Il se souvenait de sa première migration, c'était de loin la plus dure et la plus longue qu'il ait vécu. A l'époque il avait eu pour mission de transporter un paquet bien trop grand, et qui lui avait semblé être essentiel. On avait attendu beaucoup de lui, on lui avait fait confiance, alors il ne pouvait pas se plaindre. Ils avaient gravi nombre de montagnes sous une pluie battante qui rendait les pierres si glissantes qu'il était impossible d'avoir la moindre prise. Ils avaient même traversé une rivière si large qu'on ne voyait pas l'autre rive.

Il se souvenait de l'impatience avec laquelle il attendait le soir pour enfin s'asseoir et manger.

Il se souvenait de l'avidité avec laquelle il dévorait son repas avant de s'endormir sans même s'en rendre compte.

Il se souvenait de la satisfaction qu'il avait éprouvée lorsqu'ils avaient établi leur nouveau camp et qu'il avait réussi à porter son paquet à bon port.

Il se souvenait de sa première nuit dans sa nouvelle demeure.

Il se souvenait du soulagement de ses parents lorsque le déménagement fut finit.

Il se souvenait qu'il n'avait alors pas encore six ans.

LES FAISEURS DE FEU

Il était une ville dans laquelle la capacité à faire du feu était une compétence dont seuls les membres de la guilde du Feu avaient encore le secret. Les membres de la guilde se montraient toujours disponibles pour vendre leurs services si bien que chaque taverne avait son faiseur de feu qui s'occupait d'entretenir l'éclairage des pièces aussi bien que l'allumage des fours en cuisine.

Un jour un groupe de marchands arrivèrent en ville avec une plante singulière. Cette plante produisait des baies lumineuses dont l'intensité augmentait lorsqu'on les plongeait dans l'eau. Les marchands expliquèrent qu'ils utilisaient ces baies pour s'éclairer (bien qu'elles fussent comestibles), et que les feuilles pouvaient également servir à se chauffer. Ils en firent la démonstration en déposant quelques feuilles sèches dans un fournil et en y versant de l'eau : une chaleur intense se dégagea alors du fournil si bien que la cuisinière de la taverne qui les accueillait pût y faire cuire un pain.

Cette plante merveilleuse s'appelait l'Amelum. Le groupe de marchands en vendit une à bon prix à la tavernière qui fit immédiatement appel à son jardinier. Celui-ci en apprit autant qu'il pût concernant la culture de l'Amelum, et très vite, il parvint à produire un grand nombre de baies et de feuilles qu'il vendit avec la tavernière. Bien vite, l'Amelum eut plus de succès que ce soit pour l'éclairage ou pour le chauffage, car elle était moins dangereuse que les flammes. Au bout de quelques mois, les membres de la guilde du Feu n'eurent plus de travail, et grand nombre d'entre eux décidèrent de migrer vers une autre ville qui n'aurait pas été conquise par l'Amelum.

Plusieurs années s'écoulèrent sous la douce lumière des baies d'Amelum avant qu'une saison particulièrement sèche ne vienne troubler la ville. Les cultures d'Amelum ne supportèrent pas cette sécheresse prolongée et aucun plant ne survécut. Les réserves de baies et de feuilles permettraient aux citadins de s'éclairer et de se chauffer jusqu'à l'hiver, mais il était devenu urgent de trouver une solution. Parmi les citadins, certains décidèrent de se mettre en quête de plants d'Amelum dans les villes voisines, d'autres cherchèrent à retrouver des faiseurs de feu. Par chance, il existait d'anciens membres de la guilde du Feu qui n'avaient pas quitté la ville avec leurs collègues, certains de ces membres qui avaient trouvé un nouveau métier, partagèrent enfin cette compétence. A cette occasion, les citadins apprirent qu'il était dangereux de mettre tous ses œufs dans le même panier et que d'anciennes compétences pouvaient se montrer aussi utiles que de nouvelles.

LE MEILLEUR PÊCHEUR

Il était un village de pêcheurs dans lequel chaque coutume, chaque usage, et chaque tradition étaient tournés vers la mer. Les gens de ce village pouvaient bien rire des ambitions futiles de certains citadins venant de grandes villes, mais l'inverse était également vrai. L'une des fiertés de ce village était les quelques pêcheurs qui, non contents de leur nombreuses prises, étaient capables de pêcher les poissons les plus gros de la région. En vérité, que ce soit dans la plus grosse des villes ou dans le plus petit village, les comportements restent les mêmes, ainsi, lorsque deux jeunes gens deviennent rivaux, la vanité et la fierté se mêlent parfois pour donner lieu à des situations qu'un peu de bon sens auraient évité.

C'est ce qui se produisit dans ce village lorsque deux jeunes gens, tous deux fils de pêcheurs, se lancèrent dans une compétition sans fin afin de savoir qui serait le meilleur pêcheur.

Des semaines durant, ces deux genres gens, d'excellents pecheurs du reste, accumulèrent des quantités de poisson indécentes. Tantôt conservés dans de l'huile, tantôt fumés, il n'y eut bientôt plus de place pour conserver tout ce poisson dont une majorité grandissante finissait par pourrir inéluctablement.

Les familles des deux jeunes gens décidèrent d'intervenir et les réunirent dans une même pièce. Les deux jeunes gens, convaincus que leurs familles aillaient enfin les départager, plaidèrent leur cause :

- Je suis celui qui pêche le plus de poisson !
- Oui mais je suis celui qui a les plus grosses prises !

L'un des deux pères, n'y tenant plus, s'écria : « Mais ne voyez vous donc pas le problème ? Un bon pecheur est un pecheur raisonné, mais vous, la raison vous a abandonnés ! Nous vivons de ce que la mer nous offre, mais vous, vous la pillez sans en honorer le fruit, et ce, par simple vanité ! Vous aurez tous deux interdiction de pecher tant que vous n'aurez pas compris votre faute ! ».

Suite à cet épanchement, et à l'approbation silencieuse de leurs familles respectives, les deux jeunes gens se trouvèrent déconfits. Ils rentrèrent chez eux la tête basse, et derrière eux, ils entendirent dire : « On a jamais vu meilleur exemple que le mieux est l'ennemi du bien ! »